ALMA FLOR ADA * F. ISABEL CAMPOY

Teatro del

GATO GARABATO

Ilustradores

GLORIA CALDERAS

Los tres cabritillos

FELIPE DÁVALOS

El borreguito
que quería ser buitre

CLAUDIA LEGNAZZI

Pedro Pollito

SANTILLANA USA

© Del texto: 2001, Alma Flor Ada y F. Isabel Campoy
© De esta edición:
2015, Santillana USA Publishing Company, Inc.
2023 NW 84th Ave, Doral, FL 33122

PUERTAS AL SOL / Teatro A: *Teatro del Gato Garabato*

ISBN: 978-1-63113-551-4

Dirección editorial: Norman Duarte
Cuidado de la edición: Isabel Mendoza y Claudia Baca
Dirección de arte: Felipe Dávalos
Diseño: Petra Ediciones
Montaje de Edición 15 años: Grafika, LLC.

ILUSTRADORES
FELIPE DÁVALOS: págs. 1, 3, 14–23
GLORIA CALDERAS: págs. 6–13
PATRICIO GÓMEZ: págs. 5, 24–32

Published in the United States of America
Printed in the USA by Bellak Color, Corp.
20 19 18 17 16 15   1 2 3 4 5 6 7 8 9

ÍNDICE

A Diego,
nuestro mejor crítico teatral.
A Almudena,
nuestra mejor espectadora.

¡Arriba el telón!

¡Qué entretenido es hacer de un cuento
una obra de teatro, en un momento!

¡Qué divertido es ser un gigante
o un ratón vigilante!

¡Qué fácil convertirse en lobo,
en una flor, o volar en globo,
porque así lo manda el guión!

Hoy, yo quiero ser... ¡un león!

Los tres cabritillos

por F. Isabel Campoy

PERSONAJES
MAMÁ CABRA
CABRITILLA BLANCA
CABRITILLO PEQUEÑO
CABRITILLO MIEDOSO
LOBO REBOBO
ZORRA GLOTONA

Mamá Cabra:

Hijos míos, tengo que irme al
supermercado. Ustedes quédense
aquí en casa jugando y no le abran
la puerta a nadie hasta que yo regrese.

Lobo Rebobo:

¡Qué oportunidad!
¡Tres cabritillos solos en casa!
Haré que me abran la puerta
y me los comeré a todos.

Cabritilla Blanca:
¿A qué vamos a jugar?

Cabritillo Pequeño:
Yo quiero jugar a las tiendas.

Cabritilla Blanca:
¿Y qué vas a vender?

Cabritillo Pequeño:
Venderé pieles de lobo.

*(Se oyen tres toques
en la puerta.)*

Cabritillo Miedoso:
¡Oigan! Están llamando
a la puerta. ¿Quién será?

Cabritilla Blanca:
No sé, vamos a ver.

7

Cabritillo Miedoso:

No podemos abrir la puerta.

Mamá dijo que no le abriéramos a nadie.

Cabritillo Pequeño:

Vamos a preguntar quién es.

(Se vuelven a oír tres toques en la puerta.)

Lobo Rebobo:

Abran la puerta.

Traigo unas frutas

para ustedes.

Cabritillo Miedoso:

Y tú, ¿quién eres?

Lobo Rebobo:
Soy su mamá. Abran
la puerta.

Cabritillo Pequeño:
Mi mamá no tiene esa
voz tan ronca. Tú no
eres mi mamá.

(El lobo se va furioso hacia el gallinero.)

Lobo Rebobo:
En este gallinero voy a encontrar
la solución a mi problema.
Me tomaré dos docenas de huevos
hasta que se me ponga la voz fina
como la de Mamá Cabra.

*(El lobo vuelve a llamar
a la puerta.)*

Cabritilla Blanca:
¿Quién llama?

Lobo Rebobo:
Soy su mamá. Abran la puerta.

Cabritilla Blanca:
Enséñame tu pata por debajo
de la puerta.

(El lobo muestra la pata.)

Cabritilla Blanca:
Tú no eres mi mamá.
Mi mamá tiene las patas blancas,
como las mías.

*(El lobo se marcha. En el molino,
mete las patas en un saco de harina,
sacándolas todas blancas.)*

Lobo Rebobo:
Esta vez sí me abrirán. Ya parezco una cabra.

(En el camino le sale al paso una zorra.)

Zorra Glotona:
Hola, doña Cabra.

Lobo Rebobo:
Yo no soy una cabra, soy un lobo.

Zorra Glotona:
Esa no es la voz de un lobo.

Lobo Rebobo:
Pero mira el color de mi pelaje.

Zorra Glotona:
Sí, ya te veo toda blanquita,
como a mí me gustan las cabritillas.

Lobo Rebobo:
(Retrocediendo nervioso.)
¡Te estás confundiendo!

Zorra Glotona:
Anda, ven aquí y vamos
a jugar.

*(El lobo sale corriendo
y la zorra lo persigue.)*

Lobo Rebobo:
¡Que yo soy un lobo!
¡De verdad! ¡Créeme!

Tres cabritillos:
Al lobo no tememos,
al lobo no tememos,
tralaralará, tralaralará...

El borreguito que quería ser buitre

por F. Isabel Campoy

ACTO 1

PERSONAJES

GALLO
BLANQUITA
CHIQUITA
MAMÁ BORREGA
BORREGUITO BEE
COMILÓN
PIES BLANCOS
BUITRE NEGRO
BUITRE GRANDE
PERRO PASTOR

Gallo:
Quiquiriquí, quiquiriquí.

Blanquita:
¡Qué día tan hermoso!
Quisiera ser gallo para poder cantarle al sol.

Chiquita:
Pues a mí me gusta ser borreguita,
porque mi mamá, mi papá
y todos mis hermanos son borreguitos.
¡Hermanas, levántense, vamos al campo!

Mamá Borrega:
¿Adónde quieren ir hoy a comer?

Borreguito Bee:
Yo quiero ir a la colina de las bellotas.

Comilón:
¡Sí, qué buena idea!

Borreguito Bee:
Allí hay unas bellotas riquísimas.

Mamá Borrega:
¿Ha visto alguien a Pies Blancos?

Borreguito Bee y Chiquita:
No, yo no.

Blanquita y Comilón:
No, yo no.

Mamá Borrega:
Pues hay que salir a buscarlo.

ACTO 2

Mamá Borrega:
Blanquita y Comilón, ustedes vengan
a buscar a su hermano.
Tú, Borreguito Bee, quédate y cuida la casa.

Borreguito Bee:
Oí decir a Pies Blancos
que iba al bosque de encinas.

Comilón:
¡Qué bien, así podremos
comer unas cuantas bellotas!

Borreguito Bee:
¿Dónde creen que se ha metido?

Blanquita:
No sé, pero últimamente
no hacía más que mirar al cielo.

Comilón:
A lo mejor se ha enamorado de una nube.
¡Como parecen borreguitas!

Blanquita:
Eso es muy divertido,
pero, ¿cómo va a llegar hasta el cielo
para poderla conocer?

ACTO 3

(Mamá Borrega llega a la cima de la montaña. Allí está Pies Blancos.)

Mamá Borrega:
¡Ay, mi hijito! Te hemos buscado por todas partes. ¿Qué haces aquí con esas plumas en la cabeza?

Pies Blancos:
Estoy aprendiendo a volar.

Mamá Borrega:
¡Qué idea tan original! Volar. Y tú, hijo, ¿por qué quieres volar?

Pies Blancos:
Porque quiero ser buitre.

Mamá Borrega:

¿Buitre? Pero, ¿acaso no sabes tú
que los buitres son nuestros enemigos?
¿No los ves volando sobre nuestras cabezas?
¡Quieren comernos!

Pies Blancos:

Pero pueden volar.
Pueden ver desde lo alto.
Pueden ir lejos.
¡Son más poderosos que nosotros!

(Llegan Comilón y Blanquita.)

Blanquita:
¿Dónde has estado toda la mañana?
¿Y qué llevas en la cabeza?

Mamá Borrega:
Su hermano está practicando
para ser buitre.

Comilón:
¿Buitre? ¿De los que comen carroña?

Pies Blancos:
Sí, ellos son poderosos.
Si me hago buitre, yo también
seré poderoso.

(Pies Blancos sale corriendo a toda velocidad, como si quisiera volar.)

Mamá Borrega:
Pues nosotros nos vamos a hacer
un picnic.

Buitre Negro:
¿Qué es aquello que corre con plumas
en la cabeza?

Buitre Grande:
Parece un borreguito sabroso.
Y mira, tropezó y va rodando colina abajo.

Buitre Negro:
Vamos a ver.

Pies Blancos:
¡Ay! Creo que me he roto una pata.

(Los buitres se acercan poco a poco.)

Pies Blancos:

¿Y por qué me miran así?

¿No ven que soy uno de ustedes?

¿No se dan cuenta de que tengo plumas?

Buitre Grande:

Creo que se ha vuelto loco.

¡Un borrego que dice que es un buitre!

Buitre Negro:

A mí me gustaría comérmelo para la cena.

Pies Blancos:

Pero no pueden comerme. ¡Yo soy un buitre!

¡Yo soy uno de los suyos!

(Se acerca ladrando un perro pastor.
Al oírlo, los buitres salen volando.)

Pies Blancos:

Perro Pastor, ¡aquí, aquí! ¡Ayúdame!
Estos buitres me quieren comer.
Quiero volver junto a mis hermanos.

Perro Pastor:

¿Ya no quieres ser poderoso?

Pies Blancos:

No, ya sólo quiero ser quien soy.

Perro Pastor:

Pues eso es lo más poderoso del mundo.

Pedro Pollito

Dramatización libre de un cuento tradicional
por Alma Flor Ada y F. Isabel Campoy

PERSONAJES

NARRADOR

PEDRO POLLITO

GANSO GARBANZO

GALLINA PICOTINA

ZORRO CACHORRO

EL REY

LA REINA

ACTO 1

Narrador:

Una mañanita clara y llena de sol,
Pedro Pollito salió a pasear por el campo.
¡Pum! Le cayó un limón en la cabeza.

Pedro Pollito:

Me ha caído el sol en la cabeza.
El cielo se va a caer.
¡El cielo se va a caer!
¡Hay que decírselo al rey!

ACTO 2

Narrador:
Corre que te corre,
se encontró con Ganso Garbanzo.

Ganso Garbanzo:
Pedro Pollito,
¿adónde vas tan tempranito?

Pedro Pollito: *(Dándole el limón.)*
¡Mira, mira!
Me ha caído el sol en la cabeza.
¡El cielo se va a caer!
¡Hay que decírselo al rey!

Ganso Garbanzo: *(Con el limón en la mano.)*
Vamos corriendo a decirle al rey
que el cielo se está cayendo.

ACTO 3

Narrador:
Y corre que te corre,
se fueron los dos
en busca del rey.
Al poco rato,
se encontraron con Gallina Picotina.

Gallina Picotina:
Buenos días, Pedro Pollito
y Ganso Garbanzo,
¿adónde van tan tempranito?

Ganso Garbanzo: *(Dándole el limón.)*
¡Mira, mira!
A Pedro Pollito
le ha caído el sol en la cabeza.

Pedro Pollito y Ganso Garbanzo:
¡El cielo se va caer!
¡Hay que decírselo al rey!

Gallina Picotina: *(Con el limón en la mano.)*
Vamos corriendo a decirle al rey
que el cielo se está cayendo.

ACTO 4

Narrador:
Y corre que te corre,
se fueron los tres
en busca del rey.
Corre que te corre,
se encontraron con Zorro
Cachorro.

Zorro Cachorro:
Buenos días,
amigos míos.
¿Adónde van
con tanta prisa?

Pedro Pollito (*señalando el limón*),
Ganso Garbanzo y Gallina Picotina:
¡El cielo se va a caer!
¡Hay que decírselo al rey!

Zorro Cachorro: (*Relamiéndose los bigotes.*)
Me parece, amigos, que yo iré también.
Sigan mi camino. ¡Los guiaré muy bien!

**Pedro Pollito, Ganso Garbanzo
y Gallina Picotina:**
Zorro Cachorro,
no nos engañas.
Tú eres bandido,
nosotros, ¡vivos!

ACTO 5

Narrador:
Y los tres amigos
se echaron a volar.
Y volando, volando,
llegaron al palacio real.

El Rey:
Buenos días.

La Reina:
¡Bienvenidos!
¿Qué los trae por aquí?

Gallina Picotina: *(Dándole el limón a la reina.)*

Mire, usted, Majestad, mire.

A Pedro Pollito le ha caído el sol en la cabeza.

Pedro Pollito, Ganso Garbanzo y Gallina Picotina:

¡El cielo se está cayendo!

Por eso vinimos corriendo.

La Reina: *(Enseñando el limón.)*

Esto no es el sol.

Es solo un limón.

Un limón fenomenal, eso sí.

Vamos a hacer limonada

que al cielo, ¡no le pasa nada!

Narrador:

E hicieron limonada
y la tomaron felices,
sin comer perdices
ni mojarse las narices.

Y colorín colorado,
nuestra obra se ha acabado.
Entró por un caminito plateado,
salió por uno dorado
y aquí mismo se ha terminado.
Y quien no aplauda,
no se ha enterado.